KB052817

긴 문장을 읽고 나니 아흔 살이 됐어요

강나무

시인의 말

퇴근길 지하철에서
일면식도 없는 사람에게 한쪽 어깨를 내어 줬다
곤한 숨소리에 망설이다가 나도 눈을 감았다
시가 그렇다

2023년 가을
강나무

긴 문장을 읽고 나니 아흔 살이 됐어요

차례

2부 하루를 살고 우리는 광안리에서 죽었다

4부 눈을 감아도 밤이 환했다

해설

1부
가방 손잡이는
웃고 있는 내 입을 닮았죠

선물

상자는 네모난 문장처럼 온점 없이도 소박하게 완결
돼요

넓은 행간을 갖는 구절마다 흰 눈이 소복하게 쌓였
어요

문장의 뚜껑을 서둘러 여는 건 나답지 않아요

낮에 흔들어 보면 연둣빛 소란들이 콩콩콩 뛰더니

밤에는 묵직한 심장 하나가 쿵, 흔들려요

투명한 이야기에 싸인 상자를 들여다보는 일은

다 읽히면서도 감추고 있는 당신을 보는 것 같아요

흰 눈이 펑펑 우는 겨울에는 그런 당신을 들이고 싶
어요

생긴 대로

웃음이 웃습니다

울음이 웁니다

바람이 붑니다

믹서기에 어제를 넣고 돌돌 갑니다

꺼끌한 앙금이 가라앉고 맨얼굴이 거품으로 뜹니다

당근을 먹은 달팽이는 오렌지색 똥을 눕니다

팬지꽃 먹은 나는 노란 꿈을 꿉니다

'다 좋다'처럼 거꾸로 읽어도 기분 좋은
문장을 찾을 수가 없습니다

'내 아내'처럼 거꾸로 읽어도 포슬포슬한

문장을 찾을 수가 없습니다

별에 대해 쓰려고 반짝, 애를 쓰다가 관둡니다

나무 이름, 들꽃 이름 같은 건 모릅니다

이런 내가 시를 씁니다

개망초와는 이제 서로 알아 가는 사이입니다

중고나라

2인용 식탁 있나요? 묻는 말이
누군가와 마주 앉아 있고 싶어요, 라고 들릴까 조심
스러워요
냄비처럼 끓던 연인들이 검게 탄 둥근 자국을 남기고
떠났어요
사랑도 오래 쓰면 망가져서 나사를 조이고
삐걱거리는 틈새에 기름을 떨어뜨려 달래 줘요
살림을 차리는 건 서로의 묵은 손때가 섞여
같은 향기를 풍기는 나라 하나가 생기는 거죠
이곳의 냉장고는 서리가 가득해요
사계절 내내 겨울인 마음이 오죽하겠어요
얼음벽들이 점점 자라 좁아지는 세상에서는
웅웅, 소리 내어 우는 일이 잦아져요
깜박이는 반딧불이는 없어요
자연풍 버튼처럼 밀려왔다 사라지는 적막이 있어요
웃지도 울지도 않는 표정으로 떠나는 사람처럼
먼지 날리는 시간이 있어요
낡은 책꽂이에서 후드득, 은행잎 책갈피 같은

바삭한 낭만이 집까지 따라와요

그런 날은 단출하게 차린 밥상에 바싹 다가앉게 돼요

형광등 아래 당신 맨얼굴이 자꾸 만져 보고 싶어서요

내일 또 중고나라에 갈 거예요

서랍 속 마른 벌레나 깊게 새겨진 누군가의 이름을
살 수도 있어요

쓸 만한 기억들을 찾느라 오랫동안 머물지도 몰라요

뜨개질을 해요

당신의 목소리는 코바늘 8호가 적당해요

가볍게 날리는 분홍의 기억 한 뭉치를 골랐어요

보풀처럼 번지는 무심함을 당겨 한 코에 한 번씩 입김을 불어 넣어요

일정한 텐션을 유지하려고 수시로 미간의 주름을 살피죠

오늘 본 영화처럼 촘촘했다가 느슨해지는 건 좋은 결말이 안 나요

뒤꿈치를 들던 첫 입맞춤처럼 한 단 한 단 키가 늘어나요

짧은뜨기는 기둥코 하나를 세워서 더디지만 튼튼하고

한길긴뜨기는 기둥코가 두 개라서 빠르지만 힘이 없어요

여러 길목에서 서성거리는 마음을 정하는 일은 정말 어려워요

몇 번의 이별을 겪고 나면 어느새 겨울에 당도하죠

실밥처럼 눈이 내리면 자꾸 옆을 보게 돼요

여름에는 얇은 꿈으로 성글게 잠을 떠서 뒤척이는 세

상을 덮어 줘요

　낮에 꺼내지 못한 색색의 이야기들로 여러 개의 별을 뜨며 밤을 건디죠

　별들을 이어 붙이며 멀리서 혼자 깜박거리는 당신을 생각해요

　한 단을 마무리하는 빼뜨기는 문장의 마침표예요

　숨을 몇 번 쉬었는지 강약이 어디 있는지도 모르게 뱉어 버린 고백 같아요

　마음이 식으면 미련 없이 줄을 풀지요

　나는 처음과 달리 꼬불꼬불 엉켜 있어요

　다시 시작해야 하지만 괜찮아요

　사슬뜨기의 콧수를 세다 보면 다른 생각이 안 나요

　비구름 속에 숨은 하늘색 실을 뽑아 네트 가방을 떠요

　숭숭 뚫린 구멍들 속으로 팔딱거리는 물고기들을 잡았다가 놓아준다고 상상해요

　빠져나가는 물고기 지느러미에 당신의 기억을 달아 놓아요

　가방 손잡이는 웃고 있는 내 입을 닮았죠

장마

실타래를 하늘에 걸고 비가 종일 수직으로 홈질을
해요

홍건한 바늘땀들이 첫물지는 까치 둥지를 바쁘게 만
들죠

이런 날 기타 줄을 풀고 감으며 조율을 해요

달구비 같은 6번 줄을 둥둥 튕기니 빗발이 더 거세
져요

가슴속 틈새를 채우듯 꾹꾹 빗소리가 밟혀요

이런 비를 우산 없이 맞은 날은 몸이 땅에 박힌 듯 꼼
짝 못 해요

한때는 1번 줄 여우비를 좋아했어요

긴 목을 가진 여가수가 노래하듯 스며들어

금방 사라질까 봐 마음을 졸였어요

세찬 빗줄기가 조금 약해졌어요

5번 줄은 발비예요

발비는 선명해서 나머지 음들의 기준이 돼요

어서 비설거지하라고 알려 주는 처음 내리는 몇 방울
처럼

발비는 아름다운 화음의 시작이죠

3번 줄 잠비를 튕기면 솔솔 잠이 와요

알맞게 가느다란 잠비가 조용히 당신의 이름을 불러요

비가 그친 뒤에 내리는 비의 이름은 왜 없을까요

잎새비라고 부르면 어떨까요

초침처럼 똑똑, 오목한 나뭇잎에 고여 있다가 떨어지는 빗물 말이에요

갑자기 굵어지는 4번 줄 자드락비에 놀라서 하늘을 봐요

기타 몸통 검은 속처럼 하늘도 텅 비어 있어요

이 긴 기다림이 언제 그칠지 모르겠어요

부슬비로 내리는 2번 줄을 만져 보니 보슬비보다 차갑고 부드러워요

오늘은 당신이 A–E–G–Em 순서로 내리고 있어요

발비–달구비–잠비–여우비 그리고 잎새비

햇볕 좋은 날, 잘 조율된 소리로 꽃비가 내리면

당신 소식 기다릴게요

렛츠

바콜로드에서 살 때

렛츠를 무척 좋아했어요

렛츠는 내가 보고 들은 것 중에 가장 펄떡펄떡 살아

움직였어요

먹자 가자 하자 놀자

맘보다 혀끝이 서둘러 이와 잇몸 사이에 닿았어요

렛츠는 도넛에 얹힌 슈거파우더였어요

다음에 붙는 말이 뭐든 나를 사로잡았지요

하다못해 울자 죽자 집어치우자 이런 말들도 렛츠는

모두를 웃게 했어요

렛츠 고! 철문의 빗장이 열리는 소리를 여러 날 동안

기다린 적도 있어요

수시로 전기가 나가던 깜깜한 밤에 굵은 빗소리를 들

었어요

장마를 원망하지 않은 건 모두 렛츠 덕분이에요

돌아올 때 온갖 렛츠들을 캔에 담았어요

필요할 때마다 하나씩 따서 쓰려고요

우리가 외로운 건 렛츠를 꺼내기 두려워서죠

렛츠를 기다리기만 하고 아무도 먼저 건네지 않아요

이국의 언어를 쓸 때는 용감했어요

찌르지 않으니 아프지 않았어요

렛츠의 묘미는 고갯짓에 있어요

가볍게 한쪽으로 흔드는 머리에서 향긋한 샴푸 향이
나요

향기가 나는 쪽으로 나도 모르게 걷고 있어요

누구든 렛츠를 말하면 따르기로 했어요

내가 렛츠를 말하면 누구든 함께해요

깊은잠꽃

밤의 얼굴을 꽃이름찾기 화면 속에 넣는다

깊은잠꽃

잠이 잔잎을 떨구며 뒤척이면 방 안의 먼지들

쿨렁, 한 번 몸을 뒤집는다

그 울림에 줄을 놓친 거미는 서커스꽃

거미를 쫓아 분주해지는 어항 속 구피는 물아기꽃

깜깜한 창밖에서 혼자울음꽃 향기가 난다

자장자장꽃들의 홀씨들이 다독다독 날린다

파노라마로 세상을 담고 이름을 기다린다

한참 후에야 뜨는 붙이는이름대로꽃

붙이는이름대로꽃에서 누구든지꽃 한 송이 오고
있다

폰을 닫고

문을 연다

꽃무릎

땅에 핀 작은 꽃을 볼 때는 무릎 꿇는 게 편해

그걸 꽃무릎이라 부르자

두 무릎으로 중심을 잡고 작은 것을 향해 충분히 기울일 수 있어

큰 두 잎의 꽃무릎이 조그마한 다섯 잎 제비꽃을 마주한다고 생각해 봐

꽃이 아닌 사소한 경우에도 꽃무릎으로 바라보는 게 좋아

몸이 앞으로 쏠리는 건 당연해

기우는 쪽으로 향기가 나고 꿀벌이 날아들지 몰라

설레는 일이 생길 징조야

안테나처럼 오른쪽 눈썹이 먼저 떨릴 때가 있어

우산을 쓰면 한쪽 어깨만 젖다가 무거워진 몸이 점점
기울지

땅에 가까워지는 것들이 낮게 구부리다 조용히 생각
에 잠겨

중심을 버리고 비스듬히 움직이는 것 모두 꽃무릎으
로 있는 거야

사랑을 시작하고 있는 거야

별일 없니?

얼마나 아프게 오래 반짝였니?

바람이 들려준 너의 소식이 손바닥으로
훑은 잔별처럼 흩뿌려진다

별 일은 세상이 잠들 때 보이는 거라
컴컴해질수록 빛나는 별일이 있다

별일처럼, 죽은 벌에 개미 떼들이 모여든다
별 일처럼, 돌멩이가 발길에 구른다

별일과 별 일의 구분은 눈물이 고이는 것 같은 사적
인 일이다

별 일은 죽기 직전까지 반짝이다 순식간에 주르륵 흘
러내리는 일
별일은 이미 사라진 그 별의 반짝임

우리 속을 도는 붙박이별들은 어디서 어떻게 스스로 빛날까

물으며 손을 내밀면 별이 별을 쥐고 별의별 일을 이야기한다

오늘도 별 볼 일 없는 지구의 사소한 걱정으로 묻는다

별 일 없니?

아마존에 사는 조에라는 원시 부족은

투명한 냇물 소리를 얇게 떠서 몸에 두르고 살아요. 늘어진 가슴도 흔들리거나 숨어 있는 아랫도리도 감쪽 같이 감춰 주지요. 그래서 아무도 그곳에 관심을 두지 않아요. 이들은 입술에 구멍을 뚫어 나무로 만든 긴 뽀 뚜루를 끼고 있어요. 이것을 본 이방인들은 한결같이 비 슷한 경험을 해요. 아름답다는 글자가 도마뱀 꼬리에 매 달렸다가 함께 달아나는 소리를 듣지요. 예쁜 것과 미 운 것의 경계가 노을로 벌게졌다가 순식간에 숲 너머로 사라지는 것을 본다고 해요. 사냥해 온 멧돼지를 익혀서 함께 먹을 때는 족장이 살점을 공평하게 나누어 줘요. 세찬 빗방울에 냇물이 흐려지듯 이곳에도 섭섭함이 있 고 억울함이 있어요. 내가 들인 수고보다 내 몫의 고기 가 적은 사내가 무리 밖으로 나가 나무 그늘에 누워 분 을 삭이지요. 올려다본 구름도 한쪽으로 기울고 이쪽보 다 저쪽 하늘이 더 파랗게 보여요. 그러면 고기를 뜯던 사람들이 자리에서 일어나 이 외로운 사내에게 다가가 간지럼을 태워요. 손가락들이 움푹 팬 곳을 물속의 오 리 발처럼 간질간질 만져 줘요. 사내의 몸이 아코디언처

럼 접혔다 펴지면서 하하, 두 음절로 된 노래를 만들지
요. 손쉬운 처방 같지만, 간지럼 태우는 사람도 간지럼
타는 사람도 바람이 드나드는 열린 속을 가져야 가능한
일이에요.

로하는 항상 옳다

로하가 잠이 들면 그림책을 읽어 줍니다
잠들기 전에는 아무것에도 골몰하지 않으니까요
잘 때도 눈을 뜨고 잡니다
손에 쥔 딸기 인형을 빼앗기지 않으려는 의지로 보입니다
플라스틱 과일을 칼로 자르는 시늉을 하는 내게
찢어! 하며 손으로 당겨 반으로 가르더군요
찍찍이의 원리를 이미 알고 있었나 봅니다
오늘 생각의자에 한번 앉았습니다
생각의자에 앉아 생각했다고 생각하지 않습니다
생각주머니에는 밤이 한 톨 별이 세 개 부엉이 두 마리가 있습니다
로하는 20개월, 항상 옳습니다
슬프면 울고 아프면 떼쓰고 즐거우면 웃습니다
우리는 슬프면 삼키고 아프면 참고 즐거우면 눈치를 봅니다
기저귀에서 떨어진 똥에게 '안녕' 하고 손을 흔듭니다
코를 막고 고개를 돌리는데 로하는 정중히 예의를 갖

춥니다

　그런 로하에게 잠깐 질투가 났습니다

　바깥놀이 중에 돌멩이와 민들레꽃을 혀로 맛보더
군요

　분홍 혀의 오돌톨한 돌기들이 입맛을 다실 때마다

　벚꽃의 멍울들이 간간하게 톡톡 터지는 것을 보았습
니다

　주의를 주었지만 사실 꼭 한번 따라 해 보고 싶습니다

　낮잠 자는 몸이 물고기처럼 흔들렸습니다

　꿈속에는 금붕어 두 마리 강아지풀 한 개가 있습니다

　우주어린이집 별들반에서 작은 행성이 먹고 놀고
자며

　하루가 다르게 지구인과 가까워집니다

그렇게 많은 말들이 필요할까

태초에 하느님이 사람에게 음—마
두 음절을 주셨다

기분이 좋아, 마—마—음—마—마

얼굴에 쓰여 있는 문장을 함께 읽으면 충분하다

엄마가 보고 싶어, 음—마—음—마

미간 사이의 주름을 세고
눈동자를 깊게 들여다본다

밖에 나가고 싶어, 음—음—마

손가락이 가리키는 곳을 따라가고
그곳에 오롯이 앉아 있는 너를 안는다

입꼬리 위치를 살피고

보일 듯 말 듯 새하얀 젖니의 냄새를 맡고

너를 사랑해도 될까, 마—음

노란 솜털을 배냇짓하는 꿈에 살포시 얹는다

보드랍다, 마—음

귓속말은 생각보다 평범해

그런데 입김과 섞이면 구름을 당겨 뭉친 솜처럼 빈속을 꽉 채워. 몸에서 나온 수증기도 눈물처럼 짤까. 발에 밟힌 개미들이 뒤틀린 허리를 꺾은 채 아무렇지 않게 기어가. 손가락으로 살짝 밀면 결국 동강 나는 허리. 잘린 제 몸뚱이를 안고서 아무렇지 않게 계속 기어가. 발자국을 남기지 않는 건 영혼이 가벼워서 그런 거래. 하늘 걷기 위에서 양팔을 휘저으며 엇박자로 걷는 내가 부끄러워. 빨리 멈추고 싶어, 이 우스꽝스러운 세상에서. 푸른 담배가 있으면 난 벌써 골초가 됐을 거야. 보통의 사랑을 하고 보통의 고통을 겪다가 맞는 보통의 최후. 알고 보면 다 알 만한 사소些少. 속닥속닥, 별나지 않은 별들이 내 귓속으로 떨어지고 있어. 너무 간지러워, 한쪽 어깨로 귀를 막으면 어둡고 까만 굴 안에 갇히는 개미들.

안녕, 기린

단잠을 자고 눈을 뜨면 구름이 차려진 아침을 먹어요
머리는 차갑고 심장은 뜨거워 웬만한 일에는 놀라지
않아요

이별의 말은 저 위에 뒷모습을 보인 기억은 저 아래에
있어요
생각과 움직임 사이에 시간이 있어요
이런 여유를 갖는 건 목이 긴 짐승에게나 가능한 일
이에요

한자리에서 오랫동안 생각에 잠긴 사람을 보곤 해요
그들도 아주 긴 목을 가지고 있어요
땅에 고인 단비에 혀를 적시는 일이 얼마나 힘든지
아무도 몰라요
긴 슬픔을 구부려 심장을 낮추고
물 가까이 얼굴을 밀면 목울대가 물결보다 먼저 울
어요

안녕, 반가운 마음으로 건넨 인사가
안녕, 작별 인사가 되는 건 꼭 시간의 문제만은 아니
에요
계절이 바뀌어도 닿지 못하는 마음이 있잖아요

긴 생각은 열까지 빛깔의 조약돌을 모으다 길을 잃
는 일

심장 빛에 가까운 돌 하나를 골라 멀리 던지고
달콤한 아카시아잎을 찾아가듯 느릿느릿 걸음을 옮
겨요

오래 골몰하느라 뒤늦게 나온 별들이 가득하고
잘 가, 인사가
잘 자, 인사로 바뀌는 만큼의 거리를 지나왔어요

이별의 말은 목이 길어요

이제 긴 목을 접고 누운 꿈속이에요
따닥따닥 발굽 소리를 내며 날개 아픈 새를 태우고
하늘을 달릴 거예요

2부

하루를 살고

우리는 광안리에서 죽었다

과일가게 앞 버스정류장

한입 베어 문 잇자국처럼 버스가 섰다 간다

누군가 머물다 간 자리에 복숭아 솜털이 앉는다

오래 간지럽다

한동안

쇠못이 박힌 전봇대의 옆구리가 저리면

하늘에 쓴 보고 싶다는 말에 검은 밑줄이 그어진다

그 위에 앉은 참새 네 마리

'보고　싶다'가 '보고싶다'로 총총 모이더니

갸우뚱 걸음을 옮기며 '보　　고싶다'로 어렵게 입을
뗀다

왔다 갔다 하는 마음을 날갯짓 몇 번으로 다잡고

'보고싶　다' 길게 뜸을 들이다 날개를 접는다

　　　　　　　　　　다
　　　　　싶
　　보 고

잠깐 흩어지다 멀리 날아간다

쨋쨋, 소슬바람이 불고

잭잭, 꽃눈 몇 송이 함께 날고

재재, 해 기우는 소리 나직하게 가라앉고

자자, 하는 너의 소리가 문턱을 넘어 들리는 것도 같고

ㅏㅏ, 나는 이렇게 날개만 남아

매일메일

골뱅이는 맛있다
골뱅이는 비싸다

네 답장은 감칠맛 난다
네 답장은 감질이 난다

어느 콘크리트 벽 안에 너는 갇혔나
거의 없다는 있다는 말의 증거

딱딱한 껍질 속에 웅크린 알몸 하나 있다
너는 분명 있는데 실오라기 하나 걸쳤는데

어디 숨었나
본심은 안심할 곳에서 더듬이만 내밀고

몇날몇시몇분, 수신 확인이 뜨고
너는 그때 잠깐 나를 생각했다

우린 그때 잠깐, 뜨거웠다

아픈 연애

사탕에 혀를 베었다

달콤해서 의심하지 않았다

조곤조곤 혀를 놀렸을 뿐인데 칼이 갈렸다

계피 맛에서 흐르는 피 맛을 봤다

피를 쪽쪽 빨았다

아, 달다!

사랑해 대신 사탕해, 말하면

붉은 단내가 조각난 채 몸 구석구석에 박혔다

혀를 내밀어 사랑이 그은 상처를 옮겨 적었다

글자들이 뚝뚝, 번졌다

다시, 겨울밤

용서가 내린다
하얗게 덮인다

사철 반백인 그 사람 머리
툭툭 털어내도 남는 사함의 흔적

불을 쬐려고 손을 뻗으면
열 아지랑이 속으로 순록의 뿔 같은 그의 손금이 보
였다

네덜란드식 사랑을 하자는 말에
그게 뭔지도 모르고 나는 고개를 끄덕였다

식탁에는 최초의 만찬이 놓였고
벽에서 흐르는 괘종 소리는 이국적이었다

눈이 용서처럼 내린다는 말은 그의 말이었던 것 같다

한쪽으로 쏠린 식탁보를 바로잡으려다 물컵이 넘어
졌다
사소한 실수를 만회하는 건 가벼운 입맞춤

눈이 거짓말처럼 내린다는 말은 내 말이었다

어디선가 전화가 왔고 잠시 그가 자리를 비웠다

꿈에서 본 듯한 장면이 재현되고 등줄기가 서늘해
졌다

창밖에 눈이 점점 더 거세졌다

광안리 · 1

낯선 방에서 서로가 가져온 짐을 펼쳤다
어떤 건 쓰임새가 겹치고 어떤 건 생소했다
그가 가져온 치약을 칫솔에 담뿍 짜 주었다
한번 써 보라는 말에 정말 한 번인 것처럼 오래 이를
닦았다
입안 가득 몽글몽글 차오르는 거품 때문에
우리는 알아듣지 못할 말을 하며 웃었다

키스를 끝낸 입술과 혀는 할 일을 다 한 듯 봉해져 선
반 위에 올려졌다
침묵은 차가웠고 깜깜한 밖이 더 안온해 보였다

하루살이가 하루 살고 죽는 이유를 알아?
성충이 되면 입이 없어지기 때문이래

그는 영화를 보다가 소파 밑에서 혼자 잠들었다
갑자기 늙어 버린 얼굴에 오래전 퇴화한 입의 흔적이
옅게 보였다

저녁 바다에 수만 개의 검은 보자기들이 출렁였다
나는 날이 환해질 때까지 보자기 하나하나를 집어서
우리가 가 보기로 한 산책길과 헌책방, 카페와 밥집
들을 덮었다

할 말이 없었던 건 아니었다
꼭 할 말이 있었던 것도 아니었다

하루를 살고 우리는 광안리에서 죽었다

광안리 · 2

자판기에 동전 두 개를 넣고 레버를 돌린다
톡 쏘는 청량한 플라스틱 공이 굴러 나온다
장난삼아 보았다가 운명이 된다는 점괘가 동그르르
말려 있다

당신은 그의 칭찬이 이제 기쁘지 않습니까
당신은 그의 잠꼬대를 여전히 신뢰합니까

'예 아니요'로 갈리는 검은 줄을 따라가면
어느새 깊은 바다

나는 헤엄을 칠 수 있습니까
나는 가라앉으면서 차분히 손을 들어 작별 인사를
할 수 있습니까
아니요 아니요

질문은 그만하고 이제 내 물음에 답을 해 주세요
해 뜨기 전에 누가 누구를 버릴 건지

알고 싶은 내일이 족집게로 집혀 태양과 함께 솟을
건지

　운명은 부적 속 문자처럼 붉어서
　가지마가지마가지마
　주문을 외우면 그가 활활 타면서 연기로 사라진다

　당신은 이제 혼자입니까
　아니요, 난 그저 말할 수 없는 것을 듣고 싶었을 뿐이
에요
　떠내려가는 플라스틱 공 속에서 내가 소리친다

　둥근 공이 반으로 쪼개질 때 이미 우리가 갈린다
　바다 위에 떠 있는 반원에서 갇힌 바다가 출렁인다
　투명한 벽 사이로 운명이 뒤집힌다

키스 얼마예요?

우리가 서로의 얼굴에 그늘을 만드는 키스의 순간
그거 알아? 네 혀를 깨물어 피를 삼키는 상상을 해
목에 걸린 넥타이를 조르면 넌 입을 더 크게 벌리겠지
너무 가까워 보이지 않는 우리는 서로의 실루엣만 사
랑하고 미워하지

나의 손은 차갑고 너의 얼굴은 뜨거워
키스의 온도는 몇 도일까

너는 내가 키우는 개를 질투하고
나는 네 고양이를 유기하고
내 소중한 일기장에 네가 포도주를 엎지르고
그래서 나는 또 모르는 너의 뒷모습을 파괴할 궁리를
하지
나는 베트남 요리를 좋아하고
너는 고수 향기에 구역질을 해
운동화 뒤꿈치를 접어 신고 공원 입구로 가면
너는 바짓단조차 접지 않은 차림새로 기다리고 있지

키스는 눈이 없고 냄새가 없어
서로를 위해 외면한 각자의 향기도 사라진 지 오래
우리는 이제 바닥을 드러낸 낭만을 부여잡고
억지로 키스를 하지
시간이 흐를수록 더 두꺼운 베일이 필요해

손을 꼭 잡고 가게에 가서 하루치 키스를 포장해 오자
아니면 배달을 시킬까
설렘을 토핑으로 가득 얹고 시큼한 착각 소스는 별
도 주문하고
각자의 취향을 위한 두 가지 맛은 필수
감각 없이 사랑할 용기는 충만해
우리는 알아
키스의 배수만큼 얼굴에 드리운 그림자들
그 벌을 지금 받고 있다는 걸

그로부터 일 년 후

거꾸로 되감기 어때요?

장면이 느리게 바뀌는 건 이제 평화롭다는 얘기예요
봄 여름 가을 겨울이 삼 초 동안 머물다 간 성급한 결
말이 싫어요
뜨겁고 치열했던 우리 이야기를 단숨에
그럭저럭하고 미지근한 안심에 맡기지 말아요

겨울 가을 여름 봄 순서로 다시 가 봐요
그로부터 일 년 전

여기서 그는 내가 만난 사건이거나 남자이거나
내 긴 머리가 그때는 단발이었고 그는 혹은 그 사건은
뿔테 안경을 썼거나 바람 빠진 바퀴를 단 자전거와
넘어졌거나

그는 저만치 보이는 비어 있는 의자라서
큼지막한 허공을 앉히느라 다리가 점점 휘어요

텁실로 짠 조끼의 감촉이 지금도 까슬거리는 어제 같
은 일 년 전

그로부터 지금까지 그로부터 나까지
시간과 공간은 한 번에 넘기는 수십 페이지의 책장처럼

일제히 한 방향으로 걷는 사람들 틈에서 반대로 걷
는 사이
눈이 내리더니 꽃이 펴요

그로부터 오래전 나는 열네 살 소녀였고
여기서 그는 푸른색 티셔츠를 닳도록 입던 사내아이
였거나
엄마가 집을 나가 버린 일이거나

그로부터 일 년 후는 그동안 시청해 주신 여러분께
감사드리고
나는 리모컨을 쥐고 그의 손목인 듯 놓지 않고

세로가 가로에게

너와 내가 얼기설기 엮여 사다리가 된다

우리가 만나는 점에서 네가 방향을 튼다

우두둑, 긴 힘줄 하나 꺾이며 굽은 등을 내게 보여
준다

그렇게 간절한 꿈이 너를 뒤척이고 나는 힘껏 너의 등
을 민다

네가 나를 의지해 가려던 곳이 어디였을까

너의 발자국이 내 몸에 찍힌 건 봄날이었다

목련이 땅에 흰 발자국을 남긴 것도 봄날이었다

그 봄이 몇 번을 다시 와도 사다리를 타고 올라간 너
의 소식을 모르고

나는 빗물처럼 내리다 땅에 부딪혀 스민다

바닥까지 와서야 알 것 같은 누운 마음

너는 그렇게 오래 앓다가 떠났다

땅으로 꺼지거나 하늘로 솟은 것들은 이미 너무 멀다

샌프란시스코는 지금 몇 시입니까?

사랑니처럼 오래 앓다가 버리는 기억이 있어. 나는 너에게 내일의 안부를 묻곤 하지. 큰 수제버거를 능숙하게 먹으려고 매일 입을 조금씩 찢었어. 영주권을 받은 날 결국 한입에 이민자 서류를 욱여넣는 데 성공했어. 영구히 살 권리는 방랑이 박탈되는 출근길 같은 것. 고장 난 시계 속 시침과 분침의 불화 같은 시간에 내가 살고 있구나. 각설탕의 그림자를 보고 모두 검은 초상을 가지고 있는 걸 알았어. 사각의 모퉁이까지 꼭꼭 채운 기억들이 검게 물들고 있었지. 이곳의 색깔로 녹아져 살고 싶었을 뿐이야. 커피잔 받침에 찍힌 블루보틀을 문지르며 소원을 빌었어. 건조한 식빵 같은, 그래서 여기는 샌프란시스코. 내가 아무리 달려도 도착할 수 없는 너의 오늘들이 책장에 가지런히 꽂혀 있기를. 샌프란시스코 노래를 부르는 어린 내가 머리에 꽃을 꽂고 다정한 사람을 찾고 있어. 그곳에서는 여기 꿈을 꾸었는데 이곳의 밤은 공복처럼 쓸쓸해. 늘 하루 늦게 네가 보고 싶다.

매화나무를 감고 기다릴게요

가마니에 덮인 당신을 훔쳐본 날부터였어요
심장에 실타래 감듯 그리움을 돌돌 말아 놓았지요

똬리를 틀어 머리를 세우고 있을 때
징그러워, 사람들이 뒷걸음치면
싱그러워, 나는 당신을 어루만졌어요

스삭스삭, 짚신 삼는 소리가 달빛을 썰면
당신이 내게 오는 소리 같아 자꾸 내다보았어요

나의 구렁이여, 신랑이여
당신이 벗어 놓은 허물이 불에 타고 연기가 우리를
긴 이별에 가두었어요
허물을 본 죄가 내 허물을 키워 재를 뒤집어쓴 채 이
렇게 울어요

당신, 이제 부디 사람이 되지 마세요

칠 년 묵은 간장독에 머리를 감고 칠 년 묵은 된장독
에 들어갈게요
　그러면 당신이 사람이 되었던 것처럼 내가 구렁이가
될 수 있을까요
　구렁이가 된 나를 당신은 사랑할 수 있을까요

　땅을 기어서 당신 소식 들리는 세상 끝 마을에 도착
하면
　낮은 매화나무 위에서 가지를 감고 기다릴게요

　구렁이 몸으로 우리 다시 만나요

　우리를 갈라놓았던 새벽이 없는 곳으로 가서
　서로를 칭칭 감아 사랑을 나누고 꼬물꼬물한 자식을
열 낳아요

　아침에는 이슬을 핥고 밤에는 먹이를 잡아 나누고
　고갯짓만으로 마음을 헤아려요

바라는 것 없이 사랑하는 그런 미물로 함께 살아요

누군가 뒤로 다가와 당신 눈을 가릴 때 떠오를 이야기

보지 못하고 읽지 못하는 남자의 사랑 이야기 한번 들어 보세요

꽃가지에 찔린 남자의 한쪽 눈은 깜깜했고 남은 눈은 까막눈이었어요

그의 유서는 방금 떨어진 잎사귀
간혹 날 선 바람이 말을 뒤집고 앞뒤를 자르고 간추렸어요
읽는 이의 마음을 바스락, 잘게 부수는 마른 읊조림이었죠

남자가 신열을 앓다가 겨우 깨어난 날
여자에게 받은 흰 봉투에서 붉은 꽃잎의 혈서들이 쏟아졌어요
향기가 굳은 피에서 나는 거로 생각했어요
반으로 접혀 뭉개진 꽃잎은 흔들린 마음이었죠

어떻게 그는 여자의 마음을 읽었나요

세상 여백을 꽉 채운 안개가 그녀가 쓴 연서라는 걸
누가 알려 주었나요

끝없이 나열된 물방울을 해독하느라 외눈으로 허공
을 짚어 가며 밤을 새웠어요

담장에 붙은 줄기들이 뒤엉켜 쓴 낙서는 가시를 키우
며 소문을 퍼뜨렸어요

똑, 똑,

나뭇잎 따는 소리로 글자들의 받침을 지웠을 남자

언제쯤 우리 다시 만날까 물으면 그는

한 손으로 까막눈을 가리고 나머지 손으로

여자의 두 눈을 가렸어요

3부

씹을 수도 없이 한 번에 꿀꺽,

떨어지는 꿈을 꾸면 문득 한 뼘이 자랐다

사방치기 할 때 자꾸 금을 밟았다
죽었어! 누군가 외치면
걸어 나가는 벌을 받았다
죽는 게 두 발로 땅을 딛는 일이었다
안 내면 술래, 가위바위보
정수리 위에 떠 있는 구름 모양
손을 꼬아 들여다본 구멍에 운명을 맡겼다
살기 위해 둥글고 납작한 돌을 찾았다
깨금발로 중심을 잡으려 사지를 버둥거리면
하늘이 엎질러져 몸이 축축하게 젖었다
죽었어! 안 죽었어! 몸싸움하다가도
밥 먹어라,
부르는 소리에 냉큼 돌을 버렸다
땅 위에 그은 세상을 버리고 우리는 집으로 뛰었다
불을 끄고 누우면 납작한 돌이 떠다녔다

살구비누

가짜 같기도 진짜 같기도 하다
살구 없는 살구비누

민들레 잠기지 않게 몸을 튼
강의 마음처럼 허리를 구부려 손을 씻는다

마음이 멈춘 곳마다 자갈이 쌓여 쉽게 흐르지 않는다

뒤늦게 비누 만지는 법을 알았다
두 손으로 감싸 쥐고 엄지에 힘을 실어 둥글게 둥글게
어루만지면 모양대로 닳아지다 남는
씨앗 하나

진짜 같기도 가짜 같기도 했다
모난 데 없는 너

뚝딱뚝딱 사랑을 짓느라
손에 못 자국이 나기도 했지만

연한 씨앗에서 몽글몽글 거품으로 피는 살구꽃이 더
아려
　　너는 내 등 뒤에서 자주 눈물을 훔쳤다

　　옷 솔기에 매달린 실 같은 기억을 자르려 다가서면
　　손사래 치며 큰 소리로 웃었고

　　슬픔 많은 네가 주는 사랑이
　　참말 같기도 거짓말 같기도 해서
　　나는 오랜 세월 고개를 갸우뚱했다

당신을 보고 오는 길

꽃 무더기 일제히 한 방향으로 예뻤다

낱장의 꽃잎들이 가벼워 나도 사뿐 얹혀

햇빛과 함께 흔들렸다

돌아오는 길에 보고 말았다

꽃들의 뒷모습을

수만 개의 받침이 밑에서 만개하고 있었다

색깔도 없이 여러 빛깔의 꽃을 밀고 있었다

한 아름 품었던 송이를 터뜨려 가슴 밖에 내놓고

그 꽃잎 하나 질 때마다 비와 바람을 붙들고

텅 빈 채 울고 있었다

당신이 내 발을 붙들고

울고 있었다

흑백 무지개

요구르트, 그 다디단 것은 한 줄짜리 만화처럼
금방 바닥이 났다 언니는 아침마다 사라지고
엄마는 밥때가 아니면 미싱을 멈추지 않았다
창고 속에서 여자들이 실밥을 머리에 가득 얹고
노루발을 밀어 면장갑을 만들었다
흰 손바닥들이 언덕을 이루면 미끄럼을 타고 싶었다
심심하면 불을 질러야 했지만
성냥불 불꽃마저 희어서 재미가 없을 것 같았다
일부러 길을 잃기도 했는데 그럴 때마다
누군가 나를 안아 들고 대문 안으로 밀어 넣었다
의자처럼 마당에 앉아 있다가 문득 방으로 가
손거울을 놓고 들여다본 아랫도리는
종일 입에 물고 있어 늘어진 검은 고무 짜리 같았다
아무나 쓰러지기를 바랐다 아니면 죽거나
그때 내게 옜다, 새빨간 거짓말이라도 누가 던져 주었
다면
맴돌던 좁은 마당에서 노란 돌부리에 걸려 넘어졌
다면

그것도 아니면 파란 혀를 가진 개에게 물려

팔뚝에서 보라색 피를 펑펑 흘렸다면 미싱은 멈추었

을까

백지에 검고 흰 무지개를 그리면 먹구름이 들어왔다

찾는 사람도 없는데 이불에 숨어 숫자를 백까지 세

었다

눈을 떠 보니 흰 머리카락이 무성했다

선짓국

울컥하고 쏟았겠다
대접 한 그릇에 담긴 비릿한 이것

녹슨 그넷줄에서 나던 쇠 냄새
출렁했겠다

말하자면 고통은 검붉다

국그릇을 왼쪽에 두는 습관이
밥그릇을 오른쪽에 두는 습관을 나무란다

사소한 것에서 시작되는 불길한 징조들이 계류한다

흐른다

누군가 지금 다리 밑에서 핏덩이를 줍고
탯줄을 자른다

씹을 수도 없이 한 번에 꿀꺽, 넘어가는
이 뜨겁고 말랑한
생!

판다가 벽을 보고 앉아 있다

잠깐만 슬프게,

말하듯 등이 흔들린다

아이스크림이 등 뒤에서 녹는다

망설이는 숨소리를 듣는 등이 조용하다

끝내 부르지 못하는 입술처럼 등 뒤에서

녹아 흐르고 뚝뚝, 네 이름이 양손에서 식어 간다

등을 바라보는 등이 더 외롭다

종이에 그은 검은 줄처럼 슬픔이 선명하다

등 뒤에 그어진 쇠창살들이 울창하다

넌 혼자가 아니야

이 말이 간절해서 모두가 혼자 돌아앉는다

CPR

여기는 우주 바다

유영하는 수많은 별이 어린 물고기 한 마리를 만들려

실크처럼 빛나는 비늘을 하나씩 뽑아 이어 붙이는 중이다

파닥거리는 잔 빛들이 떨다가 겨우 손을 뻗어 건져낸 물고기자리

소용돌이를 일으키며 숨길을 따라 숨들이 오고 있다

내가 사람과 사랑을 구별하지 않는 건 어금니가 빠졌을 때부터다

혀끝으로 만지면 모든 빈자리는 분화구처럼 깊고 넓다

뜨겁게 분출하는 계시들이 흰 연기로 부고를 쓴다

누군가 옷자락 끝만 살짝 잡아당겨도

우리 할머니의 할머니의 할머니까지 뒤를 돌아본다

작고 말랑한 물고기 알의 희미한 숨소리가 들린다

어머니들이 삼칠일까지 먹을 미역 줄기 같은 은하수를 걷어다 끓인다

서른 번의 압박이 서른 번의 늦은 인사 같겠지만

용수철처럼 튕겨 나오는 기억에 자꾸 물을 주면

우주 바다에서는 결국 불꽃이 일고 천둥소리가 울린다

연한 생명이 다시 첫 숨을 뱉는다

관계없이 삼백 일이 흐르고

보경이의 결혼식 후, 계절이 서너 번 바뀌고 우리 다섯은 다시 뭉쳤다. 전주 한옥마을에서 근대 사복을 골라 입고 셔터를 눌러댔다. 낄낄깔깔, 달고나처럼 다디단 웃음에서 쓴맛이 났다. 헐거워진 입 밖으로 쪼개지고 금 간 별과 나무와 도형들이 튀어나왔다. 까맣게 잊었다가 어쩌다 한번 만나 다정한 관계인 우리는 아름다운 맥시 스커트에 걸맞은 코르사주를 골라 주며 친절했다. 넷이 잘 나오면 하나가 눈을 감았다. 셋이 웃고 있으면 둘이 찡그렸다. 나만 잘 나오면 그만인 단체 사진은 결국 서로 다른 방향을 보며 각자 아름다운 얼굴로 타협을 봤다. 유지 장판이 깔린 온돌방에서 파자마를 입고 뒹굴었다. 처녀, 총각이 만나 함께 꾸리는 신혼 생활이 궁금했던 애신이가 오징어를 씹으며 물었다. 관계는 자주 해? 순간 백일홍 꽃주를 홀짝거리던 소리도 과자 부스러기를 씹는 소리도 멈췄다.

모기 한 마리가 정적을 깼다. 모두 수선을 떨며 모기와 사투를 벌였다. 흰 실크 깃을 두른 요를 깔고 불을 끄니 창호지 바른 문틈으로 벌레 울음들이 기어 들어왔다. 이 요란한 고요와 관계없이 서로 돌아누웠다. 미로 속에 숨은 각자의 방에서 나가는 길을 찾고 있었다. 눈을 한 번 깜박일 때마다 삼백 일이 흘렀다. 순식간에 늙어 버린 우리는 날개를 단 듯 푸른 기와지붕 위에 차례로 걸터앉았다. 별자리에 들지 못한 별들을 끌어당기느라 뒤척이는 소리가 오래 이어졌다.

밤의 여행자

밤은 노력 없이 얻는 혼잣말하는 친구예요
책을 읽다가 자꾸 마지막 장을 기웃거려요
지루하다는 말은 어쩜 이렇게 지루하게 넘어가는지
풀벌레 소리로 표지를 싸고 초승달을 끌어와 책갈피
로 써요

저기 저 땅 밑에서 서로 엉킨 나무뿌리들이
나쁜 꿈을 틔워낼 준비를 하죠
보조개가 갖고 싶어 닭에게 볼을 내밀었대요
여행자가 한 이 말은 낮에는 분명 농담이었는데
외계의 눈동자 하나가 흐릿한 이유를 추리해 보는
일은
닭 부리에 쪼이는 일처럼 화들짝 놀랄 밤의 일이죠

하지만 어둠 속에서 씩씩해지는 나는 밤의 편이에요
빛을 한 조각 깨물 때마다 그림자를 늘리는 밤의 우
두머리를 잘 알죠
마지막 한 숟가락의 빛까지 먹어 치우고 부른 배를

문지르다
　　눈 뜬 채 코를 고는 검은 거인 말이에요

　　그가 흘린 반딧불만 한 찌꺼기 빛들을 모으느라 말
수가 줄어요
　　밤의 여행자에게 필수인 과묵함을 이렇게 배우죠
　　잘 자요,
　　한낮의 파편들에 쓸린 상처를 서로 살피는 일
　　밤의 여행자들이 가져야 할 태도라고 하네요

고백

저녁 밥상에 키우던 개 징가가 올라왔다 그림일기에
는 늘 징가가 뛰고 뒹굴며 나와 함께 있었다 푹 삶아져
너덜너덜해진 징가가 슬프게도 부드러웠다 식구들 콧
잔등에 땀이 송골송골 맺혔다 뜨거운 국을 후후 불어
가며 먹었다 대접을 딱딱, 소리 나게 긁던 아버지가 한
그릇 더! 외치며 꺼어억 트림을 했다 들깻가루로도 잡지
못할 양심의 노린내가 가득 퍼졌다 요즘 밤에 어찌나 짖
던지 동네 사람들 미안해서…, 국 냄비를 이웃들에게 건
네며 엄마가 없는 말을 했다 어디서 개소리야! 옆방에
세 살던 남자가 밥상을 뒤집을 때면 그의 아내는 잡아
먹힐까 낑낑거리며 구석에 들어가 다리 사이에 얼굴을
묻었다 곳곳에서 사람들의 피와 살이 된 징가가 짖었다
국 한 대접에 공범이 된 사람들은 개기름 흐르는 얼굴
로 티브이 앞에 모였다 뉴스에서 나오는 5월에 대해 떠
들었다 빨갱이들은 모두 잡아먹어야 한다고 했다 밤마
다 개 밥그릇으로 쓰던 양은 세숫대야에 흰 달빛이 고봉
으로 담겼다 모두 밤낮으로 컹컹 짖는 것 말고는 아무
말도 하지 않았다

행남자기

작은집에 엄마가 돈 빌리러 찾아간 날, 내 팔꿈치에 부딪혀 찻잔 속 장미들이 쨍그랑! 깨졌다. 형님, 이거 행남자기예요. 행! 행! 울리던 작은엄마의 갈라진 목소리를 행남자기라 부른다. 컹컹 짖는 셰퍼드를 피해 저만치서 바로 신은 구겨진 신발을 행남자기라 부른다. 학습지 교사로 방문한 집에 누워 있는 와인병들과 포트메리온 그릇들을 행남자기라 부른다. 뽀드득, 사금파리 부딪는 소리로 저녁 밟는 퇴근길. 접시의 파편 같은 눈이 내린다. 구세군 붉은 통에 행남자기가 쌓인다. 편의점 유리벽 너머 사발면 뜨거운 김에 젖는 당신을 행남자기라 부른다. 자기야! 서로를 부르는 다정한 연인들이 지나간다. 원룸 문을 열면 드러나는 실금투성이 어둠. 이 빠진 하루를 메우는 이웃집 압력밥솥 종소리를 행남자기라 부른다. 지미럴! 그릇 나부랭이를 가지고 무슨 행남이를 찾고 지랄이여! 엄마가 그릇을 포갤 때마다 스대앵! 스대앵! 메아리치던 밤을 행남자기라 부른다. 시푸른 장미 넝쿨에 뒤엉켜 더디게 자라는 이 청춘을 행남자기라 부른다.

번지는 실금도 포장되나요?

깨진 항아리도 가져가시나요?

네, 친정 엄마가 쓰던 건데 실금투성이에 이가 나갔어도

그럭저럭 견뎌 온 모녀 사이예요

여기 방에서 게임하는 학생도 포장할까요?

두고 갈 거예요

어차피 아이오니아 별에서 전쟁 중이라 신경도 안 쓸 거예요

베란다에서 보이는 하늘은 조심해서 옮겨 주세요

호박 설기처럼 노을이 번지면 반듯한 네모로 잘라서

새 이웃들과 나누어 먹으려고요

깨지기 쉬운 웃음과 눈물도 뽁뽁이로 잘 싸서 포장해 주세요

새집에 가서도 분명 요긴하게 사용하겠지요

그런데 저 사다리차는 이삿짐만 탈 수 있는 건가요?

나도 상자에 들어갈래요

짓누르는 짐을 부려 놓지 못하니 나도 짐이 맞아요

비상과 추락의 끝은 늘 이삿짐을 싸는 거지요

트럭 짐칸에서 활짝 핀 철쭉 화분을 붙들고

머리칼 날리던 아이를 본 적 있어요

낯선 세상에서 헌 가구 헌 가족을 꼭 붙들고 잘 크고
있겠죠

궁금한 게 있는데,

야반도주는 소리 안 내고 어둠도 함께 포장해서

비용이 두 배라는데 사실인가요?

잘 비비는 게 비법이야

　슬픔의 종류는 가지가지야 전화로 듣는 엄마의 하소
연은 겉은 검고 속은 흰 표고버섯이야 떨떠름하게 전화
를 끊자마자 엄마는 소맷자락을 당겨 눈물을 쓱 훔치고
는 웃음을 터뜨리겠지 잠 한 번 못 자고 헤어진 애인의
문자는 오래 데쳐진 시금치야 손으로 꼭 짜면 나오는 버
리기 아까운 초록 물이야 강판에 당근을 갈다 손가락
마저 갈았지 뭐야 밀폐 용기에 담아 놓은 주홍빛 그리움
을 꺼내 채를 썰고 다글다글 볶는 거야 말랑해져서 구
부려도 부러지지 않는 마음을 먹는 거야 고사리는 어
린 별 같아 아기 눈동자를 들여다보는 것처럼 연하고 맑
아 피아노 악보를 사서 반나절 동동거리다 구석에 던져
두면 컴컴한 곳에서 음표들이 자라기 시작해 펄펄 끓는
물에 그 아우성을 몰아넣고 뚜껑을 닫으면 비린내를 뽈
뽈 풍기며 콩나물이 돼 이것들을 한데 모아 참기름과 고
추장을 넣고 싹싹 비비는 거야 양파나 대파처럼 파란을
일으켜 걷잡을 수 없이 설움을 쏟는 재료는 쓰지 마 달
걀은 생략할게 노랗게 곪은 슬픔을 꺼낼 용기가 아직은
없어 숟가락에 가득 담아 한입 넣고 오물오물 씹으면서

생각해 우리도 섞이면 이렇게 달콤할까 너무 맛있어서
왈칵 눈물이 날까

바다에게 묻는 날도 있습니다

물을 베는 사람을 보았습니다 바지를 허벅지까지 올리고 물을 가르면 바다는 순간 분명한 길을 보여 줍니다 고동을 고독이라고 잘못 말한 사람과 함께 걸었습니다 미소는 소라게가 숨을 때처럼 달그락 소리를 냅니다 빛나는 조개껍데기와 아껴 둔 말을 뒷짐 진 손에 꼭 쥐었습니다 슬픈 크리스마스라는 이름을 가진 섬에 가 보았다고 그가 말했습니다 케이크를 자르고 선물 포장을 뜯던 그날 섬은 식민지가 되었답니다 총과 포를 싣고 바다를 건너던 이들도 담배꽁초를 던지듯 잠깐 수평선을 바라보았을 겁니다 한 어린 병사가 낚싯바늘 같은 물음표를 빠뜨리면 투명한 물고기들이 수면으로 튀어 올라왔을 겁니다 저녁 어스름에 조리질 소리처럼 모랫길을 밟으며 바다가 웁니다 간간한 소식들을 귓가에 서걱서걱 속삭입니다 바다를 향해 노래를 읊조리던 사람이 바다를 등지고 돌아섭니다 바닷말들이 화답처럼 검은 바위에 누워 있었다고 누군가 말해 줄지도 모릅니다

4부

눈을 감아도 밤이 환했다

집에 없는 시

도로로 김밥은 우리 동네에 새로 생긴 분식집이다
그 집의 별미는 짧은 한 줄에 있을 건 다 있는
명시名詩 같은 꼬마김밥이다

튜링 테스트*

　기다림이 지루하다면 20포인트는 먹고 들어가요 다리를 꼬고 앉으니 정말 사람 같군요 예상 질문에 대한 약간의 힌트를 줄 수 있어요 설렘과 떨림의 차이를 물으면 정답을 말하지 마세요 감성을 자극하는 질문에는, 미안해요 감성이 있다면 이미 사람이겠죠 이별, 죽음, 실직, 이런 대목에서 점점 목소리가 잦아들면 효과적이에요 분노 하나쯤은 감춰 두고 있다는 걸 은근히 보여 줘요 혀끝의 독으로 욱, 하고 누군가를 죽일 수도 있을 것처럼 심장에서 아니 가슴속 회로에서 불꽃이 튈 수 있다는 걸 알려 줘요 엄마는 엄마를 복제하고 아빠는 아빠를 복제하죠 당신처럼 살지 않을 거야! 소리칠 수 있어야 사람의 아들과 딸이죠 반려견 하나쯤은 키우고 있다고 해도 좋아요 개가 짖네, 이 말을 은유로 이해하면 사람 관계의 반은 터득한 거죠 지난번에 아깝게 탈락한 사만다는 섹스에 대한 질문에 매일 환상적이라고 말해 버렸죠 가장 낮은 점수로 망신당한 로빈은 다음 생에서도 지금의 부인과 결혼할 거라고 했어요 얼마나 사람답지 않은 답변들인가요 참, 내 소개가 늦었네요 유진 구

96

스트만**입니다 오늘이 마침 결혼기념일이에요 사랑이 가능하냐구요? 버튼을 누르는 것만큼 쉬운 일이죠 고독은 베이비시터에게 맡기고 왔어요 이별은 금고에 잠시 보관 중이죠 자, 이제 당신 차례예요 행운을 빌어요

* 기계가 인공지능을 갖추었는지를 판별하는 실험.

** 튜링 테스트를 처음 통과한 AI.

더티 마리아

  보내 준 여행 사진 잘 봤어. 크로아티아 누드 비치 좋
더라. 그쪽 애들 사이즈야 익히 알고 있지. 다시 봐도 크
고 좋더라. 미친년, 찍지만 말고 한 놈 콕 찍어 자지 그랬
니. 강당에서 네 고백 들으며 츄파춥스를 빠는데 왜 내
가 당하는 기분이 들었을까. 찢긴 바지를 수선하고 입에
술을 부었지. 다리를 오므리는 게 예절교육 시간에만 힘
든 게 아니었어. 처음 만난 남자가 실수로 내 가슴에 손
댔을 때 너무 창피해서 빨리 이놈과 자야겠다고 생각했
어. 우리 학교는 성교육도 없이 성스러운 예배만 있었잖
아. 채플 시간에 화장실에 숨어서 막달라 마리아처럼 착
한 막달인 너를 위해 기도했어. 담배 연기로 헤일로를
만들고 피를 흘리면서도 웃었지. 신은 공평하지 않아. 우
리도 무기가 필요했어. 등잔에 침을 뱉고 더티 마리아들
은 밤새 무엇을 기다렸을까. 잔디밭에 둘러앉아 까르르
웃으며 한쪽 손은 계속 잔디를 쥐어뜯었어. 앉은 자리마
다 푸른 바늘들이 쌓여서 아기 무덤 같은 게 자꾸자꾸
늘어 갔어.

장벽

덜컹덜컹, 수레 같은 수요일이 오고 있어
한쪽 바퀴가 헐거워진 채 기우뚱거리며
파스텔처럼 번지면서 오는 줄도 모르게 오고 있어
다른 날도 상관없지만 그래도 수요일인 건
크고 작은 장애물을 피해 부지런히 달리다가 덜컹,
멈춘 내 앞에 커다란 코뿔소 하나 서 있기 때문이야
　세상에서 유일하게 수요일과 상관없는 코뿔소라고
해 두자
　이런 조우는 정말 당황스럽지만 더듬어 생각해 보면
흔한 일이야
　날카로운 뿔에 돌진해서 실려 간 사람은 수요일을 제
대로 맛본 거지
　아니 사실 수요일의 얼굴도 못 본 채 커다란 불운에
항복한 거지
　모퉁이를 돌아 바로 앞까지 수요일이 왔다는 소식이
들리면
　나도 모르게 행복해져서 끄떡없는 코뿔소 등에 올라
타 냄새라도 맡고 싶어져

기다려도 기다리지 않아도 오는 수요일은

지구를 한 바퀴 돌고 온 사람의 운동화 밑창처럼 너덜너덜하다고 들었어

나는 매일 수요일을 기다리며 힘을 비축하지만

그 앞에 버티고 있는 코뿔소를 넘어뜨려 본 적이 없어

그러니까 한 번도 수요일과 대면해 본 적이 없다는 말이야

결국 용기를 냈어

뿔을 쓰다듬어 주고 우둘투둘한 가죽에 입을 맞추었지

깔때기처럼 열려 있는 귀에 후잠보! 다정한 아프리카 말을 흘려 넣었어

놀랍게도 그 녀석이 커다란 몸을 살짝 비틀어 길을 터 주었어

수요일은 내게 더 이상 중요하지 않았어

그렇지, 그날 난 처음으로 코뿔소의 뒷모습을 본 거야

크고 탐스러운 엉덩이 사이에 꼬리가 흔들리고 있었어

좌우로 팔랑팔랑 움직이며 벌레를 쫓고 있었어

세상 귀하고 빛나는 것들이 함께 납작해져서 우수수 떨어졌어

수요일은 정말 아무것도 아니었어

고난 주간

가끔씩 봐야 좋은 사람을 이틀 간격으로 보았다

시골집 단비는 낯선 이를 보아도 꼬리를 흔들었다

늙은 엄마가 개를 보고 저런 비영~시인~ 했다

벨 소리를 아픈 새소리로 설정했다

친구의 웃는 얼굴에 '좋아요'를 누르니
하루가 부각처럼 바사삭 흩어졌다

말이 헤펐던 날은
몸에서 떨어진 부스러기들을 쓸어 모아
체에 거르고 싶었다

벗은 신발 위로 나머지 한쪽이 반쯤 걸쳐진 밤에는
꿈에서 노란 표식을 따라 산티아고 길을 걸었다

떨어지는 벚꽃 잎을 '아' 하고 받아 '멘' 하고 뱉었다

죽은 무화과나무에 자꾸 물을 주었다

썩고 무른 뼈들이 흘러내렸다

보이는 것만 믿어지는 날들이 계속되었다

아무 일도 일어나지 않는 날

어디쯤이었을까
해가 들고나지 않는 그곳은 잎 위에 잎이 덮여 검어진
잎들이 하늘을 가린다
잠깐 얼씬거린 그림자마저 축축해져 쉽게 썩는다

들어간 발자국만 있고 나온 흔적이 없는 그곳은
올무를 놓으러 간 사람이 대신 자기 목을 매달기도
한다는데

어디 풀어 놓을 데 없는 뾰족한 이야기들이
낙엽 속에 숨어서 숨을 죽이고 있다

그냥 살래? 아니면 보고 죽을래?

솜털 보송한 것들이 선한 발자국을 찍으며 다가왔다

지천에 널린 맛나고 연한 풀들은 이제 싫어
익숙한 것들은 다 지루해

토끼의 귀가 잘리고 노루의 다리가 으스러질 때
펫대 선 동공으로 보이는 새로운 세상

나무가 스스로 나이테 세는 걸 보았어
계곡물이 멈칫 멈추고 고요함을 즐기는 순간이 좋
았어

보고 죽는 것들이 하는 말 허공에서 그네를 타는 말

비극은 권태로부터 시작되고 목숨 걸고 건지는 아
무 일
우리는 지루하거나 죽거나

산짐승처럼 덫에 걸리면 필사적으로 팔을 흔들자
죽을 때까지

시방*

방금 꺼낸 한 컵의 얼음물 같은 말
채근하듯 바쁘지만 탓하지 않는 인정 깃든 말
뭉게구름처럼 폭신하게 담겨 함께 흘러갈 말
눈앞의 당신에게 성큼 다가서는 말
일찍 깨어 알람이 울리기를 기다리는 말
주춤거리는 마음을 방석에 철썩, 부려 놓게 하는 말
벌떡 일어나 떠날 채비를 하게도 하는 말
눈물샘에 파문이 일다 결국 쏟아지는 말
팔 걷어붙인 엄마가 말문을 여는 말
소소한 밥상 위 간장 종지처럼 맥없이 손이 가는 말
말수 적은 아버지가 매를 들 때 연거푸 터져 나오던 말
흥분하면 자칫 나쁜 말처럼 귀를 베던 말
어제도 아까도 이따가도 생각할 수 없는 말
쓰르라미 울음처럼 지금 여기 가득 찬 말
오롯이 여기 있게 하는 말
그래서 웃음에도 울음에도 다 어울리는 말
끝맺지 못한 기도 같은 말
시방詩房에서 빚은 한 줄의 문장 같은 말

* 말하고 있는 바로 이때.

아프리카 톰슨가젤

아프리카 톰슨가젤은 방금 떠오른 문장처럼 순해요
바람이 돌보다가 키 큰 풀숲이 배를 쓸어 주다가
사랑이 깊어져 그만 위험에 빠지죠
그래서 아름다워요
바람은 이 가녀린 것의 체취를 옮기고 풀은 포식자의
움직임을 숨겨요
발버둥을 쳐도 피할 수 없는 운명이에요
정곡을 찌르는 것들은 늘 몇 걸음 물러서 있어요
결국, 연한 목덜미를 내어 주고 나서야
나고 자란 대지에 뜨거운 한 줄 피를 뿌릴 수 있죠
아프리카 톰슨가젤은 아프니까 시 같아요
말[馬]들이 마른 들판에 족적을 남기는 걸 보았어요
사람들이 발을 딛는 곳마다 풀 향기가 나는 이유를
알겠어요

혀 짧은 여자 순정 씨

믿음 소망 사낭 중에 그중에 제인은 사낭이나

사낭사낭 누가 만했나의 그 사낭이 아니고 예수 그니

스도의 사낭

사낭사낭사낭…… 아무니 만해도 지나치지 않아,

하던

여자 순정 씨

가난한 애인을 3년 동안 고시 바라지했는데 그놈

결국, 같은 공무원 여자와 바람나 결혼한다며

모느긴 몬나도 여우 같은 그년 세 치 혀에 순한 그 사

남이 정신이 나간 거다

내가 한 번 쓰고 버니는 지 크니넥스 화장지도 아닌

데……

개같은 새끼, 나쁜 새끼, 지옥에 떤어진 새끼

잔 먹고 잔 산아라

포차에서 울고불고하던 여자 순정 씨

술 취해 쓰러져 자취방에 데려가 눕혔더니

한녠누야 한녠누야
잠꼬대하던 여자 순정 씨

우리는 한없이 사낭 많은 그녀를 정말 사낭했다

오늘과 동전

서로 닮았다

미세먼지와 사람의 땀 냄새가 찌들어 종일 컴컴했다

처음 만나는 사람은 금속처럼 생경했다
익숙한 사람의 앞면도 가끔 헷갈렸다

웃고 있던 그 사람의 뒷면이 자주 궁금했다

손바닥에 내 몫으로 받은 것들은
소중하다고 손에 넣고 꼭 쥐었다

사탕처럼 빨던 어릴 적 기억이 외투 주머니에서
심심하게 흔들렸다

입에 넣지 마! 더러워!
비릿하고 쓴 침이 꿀꺽 넘어갔다

가슴에 담아 둔 아픈 말들이 또르르 굴러 진창에 가
서 누웠다
주울까 말까 망설이다 모른 척 돌아섰다

호주머니를 뒤집으면
에누리 없이 보낸 시간이 수북했다

때 묻은 하루가 은빛으로 잠깐 빛나기도 했지만
구릿빛이 더 많았다

보름달이 창틀에 땡그랑 떨어지면
눈을 감아도 밤이 환했다

호주머니에서 미처 꺼내지 못한 것들이
세탁기 속에서 덜그럭덜그럭 돌아갔다

국만 있으면 돼

우리 집에 들러서 밥 먹고 가
어릴 적 함께 보았던 폐우물에 매달린 두레박
사막의 모래처럼 이 밤에도 흔들리며 서걱서걱 소리
를 내나 봐
고단한 하루였지?
얇아서 미덥지 않은 다리들이 휘청, 좌우로 흔들리는
산해진미 넘치는 세상에서
너는 오늘도 국만 있으면 되는구나
공장장이 소리를 지르면 컨베이어 벨트도 숨을 죽이
고 빠르게 돈다고
시래깃국에 든 바지락을 열심히 건져 먹던 너
청국장 냄새는 가난해서 싫다던
어릴 적 내 허세를 아직도 기억하고 있구나
이제 물에 손 담그는 설거지 말고는 취직도 안 될 거
라고
이력서 보내는 곳마다 미끄러진다며 국에서 건진
미역 줄기를 오도독 씹어 먹었지
돌과 시멘트로 우물이 닫히던 날 우리도

날던 새들도 한낮의 맑음도 순간 컴컴해졌고

그래서 우리는 지금도 다른 반찬 필요 없구나

어둡고 바싹 마른 오늘에 작은 불씨 같은 풀씨 하나
틔울

국만 있으면 돼

뜨거운 김에 붉어진 눈시울 가릴

국만 있으면 돼

긴 문장을 읽고 나니 아흔 살이 됐어요

목젖에서 쉰 소리만 흔들다가 목적 없이 임종을 맞을지도 모르겠어요. 환한 얼굴과 화난 얼굴을 분별하느라 이야기 나눌 친구 하나 없어요. 죽음은 정말 나의 적인가요. 그것은 튼튼한 요새를 구축하고 치밀한 작전 하에 갑자기 내 턱밑에 총구를 들이밀까요. 그렇다고 삶이 내 편도 아니죠. 죽은 줄 알았던 떡갈나무 밑동에서 연초록 잎이 나왔어요. 죽음이 보낸 스파이라면 믿겠어요? 아름다운 것은 온 힘을 다해 그것을 붙들게 만들죠. 마지막 순간까지 손을 놓지 못하고 버둥거리다 처참히 굴복하고 마는 함정 같은 거죠. 그러니 오늘 하루만이라도 노을을 보지 말아요. 들꽃도 버들강아지도 만지지 말아요. 책 한 권을 아무 데나 펼쳐서 누가 글밥이 많은 쪽을 가졌는지 겨루는 게임을 해요. 이긴 사람이 진 사람의 수명을 조금씩 뺏기로 해요. 그러다 한 사람의 수명이 다하면 책을 덮고 완독한 책의 명단에 죽은 사람의 이름을 적어요. 만수무강이 축복인가요. 긴 문장을 읽고 나니 아흔 살이 됐어요. 있어도 그만 없어도 그만인 괄호 안에 들어갈 시간이 아직 무성해요.

엔딩 크레딧

한때사 랑했으 나지금 은기억 나지않 는사람 들의이
름이올 라간다 누구지 갸우뚱 하는사 이에애 매한이
름을밀 고올라 가는또 다른이 름들대 부분삼 음절로
불리는 우리는 머리몸 통꼬리 로나뉘 는절지 동물처
럼단순 해서잔 인하게 죽 임 당하거 나지극 정성을
다한연 인에게 버림받 아도금 세잊는 다저렇 게많은
이름들 이있었 고잊고 있었다 새 삼 놀랍고 고맙다

장소협찬과도움주신분들
빵속을꽉채운단팥콩같이사람머리로붐비는이성당
긴생머리를하고붉은매니큐어를칠한여자가마담처럼
카운터를지키는명지서림뺄처럼발빼기쉽지않은
영화동떡볶이골목
삑삑악다구니로피리부는선양동말랭이아이들
나비넥타이매고서빙하는놈에게
홀딱반한아트커피숍싸구려스피커소리구슬픈
빌보드레코드
이름때문에놀림받아우는조지영네통닭집팔고남은

생선의터진알집같은
노을이번지던해망동선창빨랫줄에매달려찬바람에
얼어가는
살허연물매기숏팬츠입은미군부대웨이트리스양키
시장에서만난헬로군인
익산똥산동최초의남편첫아이를낳은모아산부인과
베토벤의환상곡을기억하고있을예술대학연습실
누런피아노건반
대마초입에물고있는바콜로드어린거지들삼만페소를
딴마닐라카지노
분리수거방법꼼꼼히알려주시는한양아파트경비
아저씨
집어등밑의오징어처럼평상에서흐물거리는아버지
통성기도하는엄마월곶포구흔한갈매기울음사철
지루한이웃들
케이에프씨할배처럼웃는라스베이거스피아노맨
줄줄이올라간다빠르게사라진다천천히잊힌다

영화가 끝나고 한동안 나는 자리를 뜨지 못했다

마음이 마음대로 기울어질 때

하혁진(문학평론가)

심벌즈

신화만큼이나 오랜 역사를 가진 서정시를 일목요연하게 정의하기란 불가능에 가깝다. 그러나 이렇게 말할 수는 있다. 서정의 작동 원리는 심벌즈cymbals와 비슷하다. 오목한 접시 모양의 타악기인 심벌즈는 두 개의 원반이 부딪치며 소리를 내는데, 서정 역시 마찬가지다. 주체와 대상이라는 두 개의 차원이 부딪칠 때 서정은 발생한다. 요컨대 서정시는 시적 주체인 자아와 시적 대상인 세계가 부딪칠 때, 주체의 내면에 발생하는 감정과 정서를 언어로 표현한다. 그런데 이때 서정의 주체와 대상 사이에는 갈등과 대립이 없거나 약하다. 주체가 대상을 자신의 주관성 안으로 쉽게 흡수하기 때문이다. 바로 이 지점에서 서정시는 '세계의 자아화', '자아로의 회귀' 등의 수식어와 함께 부정적인 혐의를 받는다. 서정시는 강한 자기동일성을 지닌 자아가 세계의 타자성을 손쉽게 지배하고 포섭함으로써 자기 자신을 드러내는 메커니즘 아니냐는 의혹에 빠지는 것이다.

다시 말해 서정이라는 심벌즈의 두 축인 주체와 대상은 처음부터 원반의 크기가 다르다는 것. 필연적으로 한 원반이 다른 원반을 지배하고 포섭할 수밖에 없다는 것. 그것이 오늘날 서정이 처한 곤경이다. 그러나 주체와 대상이 부딪치며 발생하는 모든 감정과 정서를 폭력적인 독재로 이해하는 것은 곤란하다. 그러한 이해는 일인칭 화자 자체를 폭력적인 주체로 비약할 위험이 있고, 어떻든 세계와 관계 맺으며 살아갈 수밖에 없는 인간의 조건을 간과할 여지가 있다. 따라서 세계와 관계 맺는 방법에 대한 다양한 상상력이 그 어느 때보다도 강하게 요구되고 있는 요즘, 우리에게 필요한 것은 여러 가지 의혹과 혐의가 덧씌워진 서정의 내면을 보다 정치하게 해석하는 일이자, 그 주체가 대상을 인식하는 시선과 태도를 보다 꼼꼼하게 살펴보는 작업일 것이다. 그런 점에서 강나무의 첫 번째 시집 『긴 문장을 읽고 나니 아흔 살이 됐어요』는 서정의 매혹과 함정을 동시에 보여 준다.

뜨개질

기본적으로 서정의 문법을 따르는 강나무의 시에는 힘의 크기가 다른 두 차원의 균형을 맞추기 위한 장치들이 마련되어 있다. 우선 강나무는 꾸밈없이 소박한 언어를 사용한다. 그것은 특징이기 이전에 일종의 다짐처럼 보이는데, 강나무의 담백한 언어는 마주한 세계를 자아 안으로 끌어들이겠다는 욕심이 없어서 투명하기 때문이다. 시집에 실린 첫 시인 「선물」을 읽어 보자. 시는 "상자는 네모난 문장처럼 온점 없이도 소박하게 완결돼요"라는 진술로 시작된다. 시라는 상자는 시인의 마침표 없이도 그 자체로 완결성을 갖는다고 말하고 싶었던 것일까. 시인은 의도적으로 "넓은 행간을 갖는 구절"들을 배치함으로써 그 사이에 "흰 눈이 소복하게 쌓"일 공간을 만든다. 시인은 "다 읽히면서도" 알 수 없는 무언가를 "감추고 있는 당신을 보는 것"처럼 "투명한 이야기에 싸인 상자를 들여다"본다. 주체는 의미의 마침표를 섣불리 찍지 않음으로써, "문장의 뚜껑을 서둘러" 열지 않음으로써 자신의 권력을 조금 내려놓는다.

곧장 이어지는 시인 「생긴 대로」에서도 소박한 언어에 대한 시인의 지향을 엿볼 수 있다. 시의 첫 3연은 모두 동족同族목적어로 이루어져 있는데, 동족목적어는 이름에서도 알 수 있듯이 동사에서 파생된 명사가 그대로 목적어로 쓰이는 경우를 일컫는다. 강나무는 동족목적어를 주어의 자리에 배치함으로써 시의 제목처럼 '생긴 대로' 기능하는, 움직임 자체가 곧 이름인 문장을 만든다("웃음이 웃습니다//울음이 웁니다//바람이 붑니다").
이렇듯 언어의 "꺼끌한 앙금"이 가라앉고 "맨얼굴이 거
품으로" 떠오르는 세계의 인과는 투명하다. "당근을 먹
은 달팽이는 오렌지색 똥을" 누고 "팬지꽃 먹은 나는 노
란 꿈을" 꾼다. 주체는 대상을 소화해 자신의 것으로 만
들지 않는다. 한편 이러한 지향은 시적 대상을 언어로
재현하는 것이 불가능하다는 의식과 연결되어 있다. "별
에 대해 쓰려고 반짝, 애를 쓰"더라도 언어는 세계를 담
지 못한다. "개망초와는 이제 서로 알아 가는 사이입니
다"라고 말하는 주체는 대상이 끝없이 알아 가야 하는
것, 끝내 다 알 수 없는 것임을 인정함으로써 자신의 권
력을 조금 더 내려놓는다.

당신의 목소리는 코바늘 8호가 적당해요

가볍게 날리는 분홍의 기억 한 뭉치를 골랐어요

보풀처럼 번지는 무심함을 당겨 한 코에 한 번씩 입김
을 불어 넣어요

일정한 텐션을 유지하려고 수시로 미간의 주름을 살
피죠

오늘 본 영화처럼 촘촘했다가 느슨해지는 건 좋은 결
말이 안 나요

뒤꿈치를 들던 첫 입맞춤처럼 한 단 한 단 키가 늘어

나요

　짧은뜨기는 기둥코 하나를 세워서 더디지만 튼튼하고

　한길긴뜨기는 기둥코가 두 개라서 빠르지만 힘이 없
어요

　여러 길목에서 서성거리는 마음을 정하는 일은 정말
어려워요

　몇 번의 이별을 겪고 나면 어느새 겨울에 당도하죠

　실밥처럼 눈이 내리면 자꾸 옆을 보게 돼요

　여름에는 얇은 꿈으로 성글게 잠을 떠서 뒤척이는 세
상을 덮어 줘요

　낮에 꺼내지 못한 색색의 이야기들로 여러 개의 별을
뜨며 밤을 건디죠

　별들을 이어 붙이며 멀리서 혼자 깜박거리는 당신을
생각해요

　한 단을 마무리하는 빼뜨기는 문장의 마침표예요

　숨을 몇 번 쉬었는지 강약이 어디 있는지도 모르게
뱉어 버린 고백 같아요

　마음이 식으면 미련 없이 줄을 풀지요

　나는 처음과 달리 꼬불꼬불 엉켜 있어요

　다시 시작해야 하지만 괜찮아요

　사슬뜨기의 콧수를 세다 보면 다른 생각이 안 나요

　비구름 속에 숨은 하늘색 실을 뽑아 네트 가방을 떠요

숭숭 뚫린 구멍들 속으로 팔딱거리는 물고기들을 잡
았다가 놓아준다고 상상해요

빠져나가는 물고기 지느러미에 당신의 기억을 달아
놓아요

가방 손잡이는 웃고 있는 내 입을 닮았죠

—「뜨개질을 해요」 전문

또한 강나무의 시에서는 자아와 세계를 연결하는 코
드 역시 간단하다. 인용한 시는 뜨개질이라는 현재의
행위와 그것이 촉발하는 과거의 기억들이 얽이는 과정
을 담백하게 보여 준다. "기둥코 하나를 세워서 더디지
만 튼튼"한 "짧은뜨기"와 "기둥코가 두 개라서 빠르지
만 힘이 없"는 "한길긴뜨기"는 "여러 길목에서 서성거리
는 마음을 정하는 일은 정말 어려워요"라는 내면의 고
백과 만나면서, 단순히 실을 뜨는 행위가 아니라 주체의
기억과 연결되는 행위가 된다. 이때 행위의 핵심인 "코바
늘 8호"에 대응하는 기억의 핵심은 "당신의 목소리"다.
"몇 번의 이별을 겪고 나면 어느새 겨울에 당도하죠"라
는 문장으로 추측건대 아마도 당신은 부재중일 것이고,
화자는 뜨개질을 반복하며 지금은 곁에 없는 당신과의
기억을 곱씹는 중일 것이다. 주목해야 할 것은 "네트 가
방"을 완성한 화자가 "숭숭 뚫린 구멍들 속으로" 물고기

들을 잡았다가 놓아준다고 상상하며 "빠져나가는 물고기 지느러미에 당신의 기억을 달아 놓"는다는 점이다. 이렇듯 당신과의 기억을 자기 안에 가둬 두지 않겠다는 화자의 결정은 소소한 위로를 남긴다. 그리고 이 선택은 "간지럼 태우는 사람"도 "간지럼 타는 사람"도 "바람이 드나드는 열린 속을 가져야 가능한 일"(「아마존에 사는 조에라는 원시 부족은」)이라는 점에서 소소하지만 결코 사소하지 않은 결단이다.

꽃무릎

앞서 살펴본 강나무의 특징들을 요약해서 보여 주는 시가 있다면 단연 「꽃무릎」이다. "땅에 핀 작은 꽃을 볼 때는 무릎 꿇는 게 편"하다고 말하는 화자는 "그걸 꽃무릎이라 부르자"고 제안한다. 꽃무릎 자세에서 주체는 대상을 내려다보지 않고 최대한 낮게 내려가 눈높이를 맞추는데, 강나무에게는 무릎과 땅이 부딪치는 이 포즈가 바로 서정의 자세다. 이때 "큰 두 잎의 꽃무릎"과 "조그마한 다섯 잎 제비꽃"은 비교적 평등하게 마주한다. 꽃무릎은 주체가 대상을 자신의 쪽으로 끌어들이는 자세가 아니라, 주체가 대상을 향해 "충분히 기울"어지는 자세이기 때문이다. 또한 작은 것을 향해 기울어지는 낮

은 자세는 그 자체로 "설레는 일이 생길 징조"이기도 하
다. "안테나처럼 오른쪽 눈썹이 먼저 떨릴 때가 있어"라
는 문장에서 알 수 있듯이, 꽃무릎은 주체가 대상을 미
처 인식하기도 전에 이미 세계를 감각하고 받아들이기
때문이다. 무엇보다 강나무에게 이러한 꽃무릎은 서정
의 자세인 동시에 사랑의 자세이다. "우산을 쓰면 한쪽
어깨만 젖다가 무거워진 몸이 점점 기울"어지는 것처럼,
자신의 "중심을 버리고" 무언가를 향해 "비스듬히 움직
이는" 모든 것은 "사랑을 시작하고 있"다는 것이다.

　　단잠을 자고 눈을 뜨면 구름이 차려진 아침을 먹어요
　　머리는 차갑고 심장은 뜨거워 웬만한 일에는 놀라지
않아요

　　이별의 말은 저 위에 뒷모습을 보인 기억은 저 아래에
있어요
　　생각과 움직임 사이에 시간이 있어요
　　이런 여유를 갖는 건 목이 긴 짐승에게나 가능한 일
이에요

　　한자리에서 오랫동안 생각에 잠긴 사람을 보곤 해요
　　그들도 아주 긴 목을 가지고 있어요

땅에 고인 단비에 혀를 적시는 일이 얼마나 힘든지
아무도 몰라요
긴 슬픔을 구부려 심장을 낮추고
물 가까이 얼굴을 밀면 목울대가 물결보다 먼저 울
어요

안녕, 반가운 마음으로 건넨 인사가
안녕, 작별 인사가 되는 건 꼭 시간의 문제만은 아니
에요
계절이 바뀌어도 닿지 못하는 마음이 있잖아요
                                        —「안녕, 기린」 부분

그러나 '사랑'이라는 단어가 등장할 때 슬픔 역시 예
정된다. 곧 '이별'이라는 단어가 뒤따를 것이기 때문이
다. 아나나 다를까 목이 긴 짐승인 기린이 이별의 이미지
로 그려지는 「안녕, 기린」에서 꽃무릎의 의미는 변주된
다. 시에서 기린은 머리와 심장 사이의 거리가 먼 존재,
"머리는 차갑고 심장은 뜨거워 웬만한 일에는 놀라지
않"는 존재로 묘사된다. "이별의 말은 저 위에" 있고 "뒷
모습을 보인 기억은 저 아래에" 있는 기린은 "생각과 움
직임 사이에 시간이 있어"서 여유롭게 이별을 견디는 것
처럼 보인다. 그러나 정작 "긴 목을 가지고 있"는 존재들

은 "땅에 고인 단비에 혀를 적시는 일이 얼마나 힘든지 아무도" 모른다고 토로한다. "긴 슬픔을 구부려 심장을 낮추고/물 가까이 얼굴을 밀면 목울대가 물결보다 먼저 울어" 버린다는 것이다. 요컨대 목의 길이는 슬픔의 크기와 비례하고, 긴 목/큰 슬픔은 앞서 언급했던 서정의 자세, 즉 대상을 향해 기울어지는 꽃무릎을 취하기 어렵게 만든다. 사랑이 끝난 자리에서 "오랫동안 생각에 잠긴 사람"은 이별의 슬픔과 함께 "아주 긴 목을 가지"게 되고, 그렇게 주체와 대상 간의 거리는 멀어진다. "이별의 말은 목이 길어요"라는 구절은 담백한 서정이 맞닥뜨린 가장 큰 어려움을 암시한다.

결국 서정은 마음의 문제다. 주체가 대상이 아니라 마음 쪽으로 더 크게 기울어질 때 서정은 함정에 빠진다. 그렇다면 주체가 마음을 극복하는 일이 가능할까. "태초에 하느님이 사람에게 음-마/두 음절을 주셨다"는 진술로 시작되는 「그렇게 많은 말들이 필요할까」를 읽어 보자. 아마도 '음-마'는 세상에 태어난 아이가 '엄마'를 발음하기 위해 내뱉은 음성일 테지만, 그것이 "너를 사랑해도 될까"라는 고백과 만나는 순간 '음-마'는 "마-음"이 되어 버린다. 다시 말해 주체에게 마음은 모태처럼 이미 주어진 것이다. 그리고 주체는 바로 그 마음 때문에 언어를 있는 그대로 사용하지 못하고 대상을 있는 그대로 바라보지 못한다. 예컨대 「중고나라」에서 "2인용 식탁 있나요?"라는 말이 "누군가와 마주 앉아 있고 싶어요"라는 의미로 자동으로 번역되는 것은 식탁 위에 "검게 탄 둥근 자국"이 "냄비처럼 끓던 연인들이" 남긴 흔적이라고 짐작하는 마음 때문이며, 「한동안」에서 전봇대 위에 앉은 "참새 네 마리"를 각각 "보", "고", "싶", "다"라는 자신의 정서와 동일시하는 것은 곁에 없는 "너의 소리"를 환청처럼 들으며 "왔다 갔다 하는 마음을" 다잡지 못하는 그리움 때문이다. 요컨대 주체의 마음은 마음대로 기울어져 버린다.

키스

두 차원이 만나는 행위라는 점에서 키스는 심벌즈, 뜨개질, 꽃무릎과 닮아 있다. 그러나 「키스 얼마예요?」에서 키스는 사랑에 빠진 연인들이 빈틈없이 가까워지는 순간인 동시에 "서로의 얼굴에 그늘을 만드는" 순간이기도 하다. 이렇듯 보고 싶어서 다가가지만 다가가면 보이지 않는 키스의 아이러니는 서정의 아이러니이기도 하다. 주체와 대상 사이의 거리가 너무 가까워져 둘 사이의 거리가 완전히 사라지면 "실루엣만 사랑하고 미워

하"게 되기 때문이다. 그렇게 본질과 멀어진 사랑과 서정은 불화에 빠진다. '나'의 차가운 손과 '너'의 뜨거운 얼굴이 온도 차를 보이는 순간과 맞닥뜨리는 것이다. 적당한 거리, 적절한 "키스의 온도"를 찾지 못한 연인들은 사랑하는 사이임에도 불구하고 서로의 소중한 것들을 "질투"하고 "유기"한다. '나'가 아닌 '너'의 영역을 견디지 못하고 "나는 또 모르는 너의 뒷모습을 파괴할 궁리를" 한다. 결국 있는 그대로의 상대방을 받아들이지 못하는 사랑이 계속되는 동안 "서로를 위해 외면한 각자의 향기"는 사라지고, 어느덧 이별을 직감한 연인들은 "바다을 드러낸 낭만을 부여잡고" "억지로 키스를" 나눈다. 연인들은 알고 있다. 지금 겪는 이별이 "키스의 배수만큼 얼굴에 드리운 그림자"라는 것을. 목이 긴 기린이 대상과의 거리가 너무 멀어서 실패한다면, 사랑에 빠진 연인들은 그 거리가 너무 가까워서 실패한다.

반복건대 서정의 가장 큰 함정은 사랑이다. 그런데 만약 함정에 빠지는 일이 반복된다면 어떨까. 다시 말해 알고도 당하는 함정이 있다면 말이다. 「아프리카 톰슨가젤」에서 "방금 떠오른 문장처럼 순"한 아프리카 톰슨가젤은 "사랑이 깊어져 그만 위험에 빠지"는 짐승이다. 가젤은 들판에 서 있는 것이 자신의 목숨을 위태롭

게 할 것임을 알면서도 "바람"의 돌봄과 "풀숲"의 손길을 거부하지 못한다. 가젤에게 사랑은 함정인 동시에 매혹인 것이다. 주목해야 할 것은 화자가 위험에 빠진 가젤을 바라보며 "그래서 아름다워요"라고 말한다는 점이다. 화자는 가젤이 "결국, 연한 목덜미를 내어 주고 나서야/나고 자란 대지에 뜨거운 한 줄 피를 뿌릴 수 있"다고 말하며, "아프리카 톰슨가젤은 아프니까 시 같"다고 덧붙인다. 가젤과 시 쓰기가 계속해서 비유되고 있음을 고려할 때, 사랑은 양자 모두에게 "발버둥을 쳐도 피할 수 없는 운명"이다. 결국 강나무는 "아름다운 것은 온 힘을 다해 그것을 붙들게 만"든다는 것을, "마지막 순간까지 손을 놓지 못하고 버둥거리다 처참히 굴복하고 마는 함정"이라는 것을 인정한다. 아름다움은 주체를 사랑에 빠지게 할 것이고, 사랑에 빠진 주체는 대상을 망가뜨릴 것이므로 시인은 "오늘 하루만이라도 노을을 보지 말"자고, "들꽃도 버들강아지도 만지지 말"자고 말한다(「긴 문장을 읽고 나니 아흔 살이 됐어요」).

사랑니처럼 오래 앓다가 버리는 기억이 있어. 나는 너에게 내일의 안부를 묻곤 하지. (중략) 고장 난 시계 속 시침과 분침의 불화 같은 시간에 내가 살고 있구나. 각설탕의 그림자를 보고 모두 검은 초상을 가지고 있는 걸 알았어. 사각의 모퉁이까지 꼭꼭 채운 기억들이 검게 물들고 있었지. (중략) 그래서 여기는 샌프란시스코. 내가 아무리 달려도 도착할 수 없는 너의 오늘들이 책장에 가지런히 꽂혀 있기를. 샌프란시스코 노래를 부르는 어린 내가 머리에 꽃을 꽂고 다정한 사람을 찾고 있어. 그곳에서는 여기 꿈을 꾸었는데 이곳의 밤은 공복처럼 쓸쓸해. 늘 하루 늦게 네가 보고 싶다.

—「샌프란시스코는 지금 몇 시입니까?」 부분

사랑이 서정의 비극이자 조건임을 알게 된 시인은 한때 있었으나 지금은 사라진 "사랑니" 같은 기억에 몰두한다. 그런데 이때의 기억은 주체로 하여금 "고장 난 시계 속 시침과 분침의 불화 같은 시간"을 살게 한다. 사랑을 나눴던 과거와 이별을 앓는 현재는 두 번 다시 만날 수 없는 시간이기 때문이다. 그런 점에서 서정은 "늘 하루 늦게 네가 보고 싶다"는 고백과 다르지 않다. 서정의 주체인 "나는 너에게 내일의 안부를 묻"기 위해 과거, 현재, 미래가 뒤섞인 시간을 산다. 이와 같은 서정시의 시간관에 대해 한 시인은 "흔히 서정시의 시간을 '영원한 현재'라고 부"른다고 말하며, "서정시는 연속적이고 서사적인 시간인 크로노스chronos보다는 내적인 체험의 통일성을 느끼는 순간인 카이로스kairos와 관계한다"고

덧붙인다. 서정시에서 "'시적 현현'이라고 부르는 순간에는 과거와 현재와 미래가 경계 없이 함께 포섭되"는데, 따라서 "기억의 호출은 불가피하다"*는 것이다. 요컨대 서정의 핵심은 시간을 정리하는 것이다. 사랑과 이별의 반복, "비상과 추락의 끝은 늘 이삿짐을 싸는" 일이기에 (「번지는 실금도 포장되나요?」), 고장 난 시간 속에서 어떤 기억을 챙겨 갈지 어떤 기억을 두고 갈지 결정하는 일은 서정의 영원한 숙제인 것이다.

고장 난 시간

거꾸로 되감기 어때요?

장면이 느리게 바뀌는 건 이제 평화롭다는 얘기예요
봄 여름 가을 겨울이 삼 초 동안 머물다 간 성급한 결말이 싫어요
뜨겁고 치열했던 우리 이야기를 단숨에
그럭저럭하고 미지근한 안심에 맡기지 말아요

겨울 가을 여름 봄 순서로 다시 가 봐요
그로부터 일 년 전

---

* 나희덕, 「서정시는 왜 기억과 자연을 호출하는가」, 『문명의 바깥으로』, 창비, 2023, 76쪽.

여기서 그는 내가 만난 사건이거나 남자이거나
내 긴 머리가 그때는 단발이었고 그는 혹은 그 사건은
뽈테 안경을 썼거나 바람 빠진 바퀴를 단 자전거와
넘어졌거나

그는 저만치 보이는 비어 있는 의자라서
큼지막한 허공을 앉히느라 다리가 점점 휘어요
털실로 짠 조끼의 감촉이 지금도 까슬거리는 어제 같
은 일 년 전

그로부터 지금까지 그로부터 나까지
시간과 공간은 한 번에 넘기는 수십 페이지의 책장처럼
—「그로부터 일 년 후」 부분

인용한 시에서 '그'는 중의적인 의미를 갖는다. "여기
서 그는 내가 만난 사건이거나 남자이거나" 또는 시간
적 의미의 "그때"이다. 시의 화자는 사랑했던 남자로부
터, 그와의 이별로부터, 그리고 그 사람과 그 사건을 겪
은 그 시간으로부터 일 년 후의 시점을 살고 있다. 그런
화자가 대뜸 "거꾸로 되감기 어때요?"라고 묻는다. 마음
을 다했던 "봄 여름 가을 겨울이 삼 초 동안 머물다 간

성급한 결말"로 치부되는 것이 싫다는 것이다. '과거–현재–미래'로 이어지는 선형적 시간이 아니라 마음의 중력을 따라 기울어지는 서정의 시간을 사는 화자는 자신의 기억을 "그럭저럭하고 미지근한 안심에 맡기지" 않겠다고 다짐한다. "겨울 가을 여름 봄 순서로" 시간을 거꾸로 되감아 봄으로써 "그로부터 지금까지 그로부터 나까지"의 적절한 거리를 다시 한번 가늠한다. '나'는 '그'와의 알맞은 거리를 찾기 위해, "수십 페이지의 책장처럼" "한번에 넘"어가 버린 "시간과 공간"의 겹을 하나하나 펼쳐 본다.

이렇듯 서정의 "호주머니를 뒤집으면/에누리 없이 보낸 시간이 수북"하다. 잊은 줄 알았지만 잊힌 적 없는 기억들이 "미처 꺼내지 못한" 채 가득 쌓여 있는 것이다 (「오늘과 동전」). 그런 의미에서 서정이란 버려진 기억을 되살리는 소생술이다. "서른 번의 압박이 서른 번의 늦은 인사 같겠지만" 그럼에도 불구하고 시인은 "용수철처럼 튕겨 나오는 기억에 자꾸 물을" 준다(「CPR」). 그 힘과 함께 어떤 사람과, 어떤 사건과, 어떤 시간이 다시 숨을 쉴 것이기 때문이다. 강나무는 서정의 주체를 함정에 빠뜨렸던 그 사람, 그 사건, 그 시간을 되돌이켜 봄으로써 대상과의 알맞은 거리를 다시 한번 모색한다. 그가 꼭 알맞은 거리를 찾을 수 있을지는 알 수 없지만, 한 가지 확실한 것은 마음에 져 본 적이 없는 사람만이 서정의 성공을 응원하지 않을 수 있다는 사실이다. 마음에 져 본 적 있는 사람은, 지나간 시간과 버려진 기억을 되감아 본 적 있는 사람은, 즉 고장 난 시간을 살아 본 적 있는 사람은 서정의 곤경에 자신을 이입할 것이다. "죽은 무화과나무에 자꾸 물을"(「고난 주간」) 주는 강나무의 우직함이 못내 미더웠던 것은 그 때문이리라.

긴 문장을 읽고 나니 아흔 살이 됐어요
2023년 9월 25일 1판 1쇄 펴냄

지은이   강나무
펴낸이   김성규
편집   김안녕 한도연
디자인   신아영
펴낸곳   걷는사람
주소   서울 마포구 월드컵로16길 51 서교자이빌 304호
전화   02 323 2602
팩스   02 323 2603
등록   2016년 11월 18일 제25100-2016-000083호

ISBN 979-11-92333-96-0 04810
ISBN 979-11-89128-01-2 (세트)